기획의 말

그리운 마음일 때 'I Miss You'라고 하는 것은 '내게서 당신이 빠져 있기(miss) 때문에 나는 충분한 존재가 될 수 없다'는 뜻이라는 게 소설가 쓰시마 유코의 아름다운 해석이다. 현재의 세계에는 틀림없이 결여가 있어서 우리는 언제나 무언가를 그리워한다. 한때 우리를 벅차게 했으나 이제는 읽을 수 없게 된 옛날의 시집을 되살리는 작업 또한 그 그리움의 일이다. 어떤 시집이 빠져 있는 한, 우리의 시는 충분해질 수 없다.

더 나아가 옛 시집을 복간하는 일은 한국 시문학사의 역동성이 드러나는 장을 여는 일이 될 수도 있다. 하나의 새로운 예술작품이 창조될 때 일어나는 일은 과거에 있었던 모든 예술작품에도 동시에 일어난다는 것이 시인 엘리엇의 오래된 말이다. 과거가 이룩해놓은 질서는 현재의 성취에 영향받아 다시 배치된다는 것이다. 우리는 현재의 빛에 의지해 어떤 과거를 선택할 것인가. 그렇게 시사(詩史)는 되돌아보며 전진한다.

이 일들을 문학동네는 이미 한 적이 있다. 1996년 11월 황동규, 마종기, 강은교의 청년기 시집들을 복간하며 '포에지 2000' 시리즈가 시작됐다. "생이 덧없고 힘겨울 때 이따금 가슴으로 암송했던 시들, 이미 절판되어 오래된 명성으로만 만날 수 있었던 시들, 동시대를 대표하는 시인들의 젊은 날의 아름다운 연가(戀歌)가 여기 되살아납니다." 당시로서는 드물고 귀했던 그 일을 우리는 이제 다시 시작해보려 한다.

기획의 말

그리운 마음일 때 'I Miss You'라고 하는 것은 '내게서 당신이 빠져 있기(miss) 때문에 나는 충분한 존재가 될 수 없다'는 뜻이라는 게 소설가 쓰시마 유코의 아름다운 해석이다. 현재의 세계에는 틀림없이 결여가 있어서 우리는 언제나 무언가를 그리워한다. 한때 우리를 벅차게 했으나 이제는 읽을 수 없게 된 옛날의 시집을 되살리는 작업 또한 그 그리움의 일이다. 어떤 시집이 빠져 있는 한, 우리의 시는 충분해질 수 없다.

더 나아가 옛 시집을 복간하는 일은 한국 시문학사의 역동성이 드러나는 장을 여는 일이 될 수도 있다. 하나의 새로운 예술작품이 창조될 때 일어나는 일은 과거에 있었던 모든 예술작품에도 동시에 일어난다는 것이 시인 엘리엇의 오래된 말이다. 과거가 이룩해놓은 질서는 현재의 성취에 영향받아 다시 배치된다는 것이다. 우리는 현재의 빛에 의지해 어떤 과거를 선택할 것인가. 그렇게 시사(詩史)는 되풀이되며 전진한다.

이 일들을 문학동네는 이미 한 적이 있다. 1996년 11월 황동규, 마종기, 강은교의 첫번째 시집들을 복간하며 '포에지 2000' 시리즈가 시작됐다. "생이 빛났고 헐거울 때 이따금 가슴으로 암송했던 시들, 이미 절판되어 오래된 명성으로만 만날 수 있었던 시들, 동시대를 대표하는 시인들의 첫 숨의 아름다운 연가(戀歌)가 여기 되살아납니다." 당시로서는 드물고 귀했던 그 일을 우리는 이제 다시 시작해보려 한다.

시간이 멈추자 나는 날았다

문학동네포에지 080

김참 시집

시간이
멈추자
나는
날았다

시인의 말

우울한 날들이 계속된다. 까마귀와 비둘기들이 자취를 감춘 지도 오래되었고, 라디오를 듣지 않은 것도 오래전 일이다. 그러나 지하철 공사는 계속되고 버스 노선은 날마다 바뀐다. 영안실에서 아침 일찍 출발한 장의차는 도시 밖으로 빠져나가 한적한 공원묘지에 얼굴 없는 사람을 묻어두고 오후 늦게야 돌아오곤 한다.

1999년 5월
김참

개정판 시인의 말

스물일곱의 나와 지금의 나 사이에 놓인 높은 담장
넘을 수 없는 그 담장 아래 서서 나는 또 절망한다.

2023년 5월
김참

차례

2부 지상에서의 나날

3부 도굴꾼들의 도시

1부 시간이 멈추자

시간이 멈추자

시간이 멈추자 나는 날았다 건물들은 허물어지고 길들이 지워졌다 시간이 멈추자 공중에 비탈길이 생겼다 나는 그 길을 따라 시간의 반대편으로 걸어 들어갔다 시간의 반대편에는 달이 있었고 별이 있었고 둥근 기둥이 있었다 두 마리 새가 기둥 위에 앉아 있었다 기둥 밑에는 장작이 타고 있었다 검은 치마 입은 처녀들이 기둥을 향해 걸어왔다 그녀들의 얼굴에는 눈이 없었다 코도 없고 입도 없었다 그녀들은 기둥을 지나 나무 밑을 걸어갔다 사람들의 머리통이 주렁주렁 매달려 붉은 열매로 익어가는 나무 밑을 지나갔다 나는 나무 뒤에서 휘파람을 불었다 어디선가 두 마리 개가 달려왔다 여자들이 기둥을 향해 재빨리 달아났다 시간의 반대편에는 달이 있었고 별이 있었고 두 마리 새가 기둥 위에 앉아 있었다

재앙의 서곡

공포의 트럭은 푸른 쇠로 만든 철교 지나 버려진 잠수함을 개조한 실험실에 도착한다. 트럭에서 특수합금 기계 인간들이 내리고 정체를 알 수 없는 발자국들이 실험실 바닥에 찍힌다. 한 번도 본 적 없는 이상한 새들이 잠수함 위에서 불길한 노래를 부른다. 바다에서 무수한 물이 육지로 올라온다. 당황한 사람들 깊은 물 아래로 비명도 없이 가라앉고 노란 깃발 휘날리며 잠수함은 공중으로 천천히 떠오르기 시작한다.

공원 옆 아파트

공원 지나 오솔길로 접어들었다. 나무 위에서 까마귀 두 마리 시끄럽게 울어댔다. 공원 쪽에서 한줄기 바람이 불어왔다. 오리나무들은 잎 뒤집으며 반짝였고 꿀밤나무에서 꿀밤이 떨어졌다. 오솔길 반대쪽에서 빨간 치마 입은 여자가 걸어왔다. 공원으로 돌아와 벤치에 앉아 있으니 빨간 시소 옆으로 검은 고양이, 노란 눈 반짝이며 지나갔다. 아파트 옥상에서 내려온 회색 비둘기들이 발밑에서 모이를 쪼아댔다. 아파트 창문들 열렸다가 닫히고 머리통들이 나타났다가 사라졌다. 하늘은 흐렸다가 개었고 피아노 소리 높아졌다가 낮아졌다.

거울 속으로 들어가다

밖에서는 이상한 일들이 계속되어 너는 벽과 바닥과 천장이 모두 거울로 된 방에 숨고 말았다 너는 끝없이 불어났다 처음에 거울 밖의 너는 거울 속의 네가 여섯 명뿐인 줄 알았다 그러나 너는 열두 명에서 스물네 명으로 계속 불어났다 거울 속의 그들은 네가 볼 수 있는 것보다 훨씬 빨리 생겨났다 너는 입을 다물고 있었지만 거울 속 그들은 이야기를 하기도 했다 네가 잠을 자기 위해 거울로 된 방바닥에 드러누우면 거울 속 깊고 깊은 곳에서 그들은 노래를 불렀다 한 해가 지나자 달에서 날아온 비행접시들이 지붕들 위를 날아다녔고 불길한 검은 새들이 들판을 가득 메웠다 너는 거울 속에 사는 그들과 이야기를 나눌 수 있게 되었다 바깥에서는 하얀 밤이 계속되었다 하얀 밤 하얀 밤 하얀 밤들이 계속되었다 사람들은 좀처럼 잠들 수 없었고 아무것도 먹을 수 없었다 하지만 너는 거울 속에 있는 그들을 하나씩 잡아먹었다 나는 이빨을 딱딱거렸다 너에게 잡아먹히는 게 두려웠다 마침내 너는 거울의 방에서 걸어나갔다 나는 어두운 골방에 틀어박혀 흑백영화를 보며 시간을 죽였다 그건 길고도 지루한 일이었다 나는 더이상 볼 영화가 없다는 걸 알게 되었다 하얀 밤에 자막이 내려왔다 사람들과 동물들, 나무들과 물고기들의 길고 긴 이름들이 끝없이 내려왔다

또 한 사람이 사라지고

검은 철제 의자가 있는 방안엔 흰구름이 흘러다닌다. 그가 침대에서 일어나 창문을 열자 의자에 앉아 있던 유령이 침대에 벌렁 드러눕는다. 그는 눈알을 뽑아 깨끗이 닦은 후 호주머니에 쑤셔박는다. 침대에 누워 있던 유령이 잽싸게 일어나 그에게 선글라스를 건네준다. 그는 선글라스를 끼고 아파트 밖으로 뚜벅뚜벅 걸어나간다. 창문 밖으로 흰구름도 빠져나온다. 검은 승용차를 타고 그는 시내를 빠져나간다. 들판엔 무너진 건물이 즐비하고 담쟁이와 나팔꽃들 가득하다. 들판엔 마른 우물이 있고 우물 옆엔 구름이 걸린 나무가 있다. 나뭇가지엔 주인 없는 눈동자들 주렁주렁 매달려 있다. 수평으로 뻗은 나뭇가지에 살찐 까마귀들 줄줄이 앉아 깍깍깍 울고 있다. 그는 트렁크에서 권총을 꺼내 빵빵빵 갈겨본다. 총알이 포물선을 그리며 지구 반대편에 박히는 동안 까마귀들은 나무를 박차고 올라 공중을 어지럽게 맴돈다. 나뭇가지에서 주인 없는 눈동자들이 우수수 떨어져내린다. 우물 속에서 눈동자 없는 여자가 올라와 그의 손을 잡고 우물 안으로 들어간다. 나무 뒤에 숨어 있던 유령이 안도의 한숨을 쉬며 자동차에 올라타 시동을 건다. 유령이 모는 검은 자동차는 도로 위를 야생마처럼 달려나간다.

강철 구름

아파트 위로 강철 구름이 떠다닌다. 나는 아파트 내 방에 누워 비틀스의 연주를 듣는다. 강철 구름 위에서 내려온 푸른 사다리가 어두운 내 방에 걸린다. 나는 음악을 끄고 방 밖의 세계로 걸어나간다. 사다리에서 내려다본 세상은 개미굴처럼 아기자기하다. 사다리 중간중간에 앉은 이상한 새들은 지상도 공중도 아닌 곳을 바라보고 있다. 새들이 바라보던 곳에 검은 터널이 생긴다. 새들은 있는 힘을 다해 그곳으로 날아가지만 한 마리 외엔 모두 추락하고 만다. 나는 추락한 새들을 생각하며 사다리를 오른다. 강철 구름은 까마득히 높이 있다. 끝이 보이지 않는다. 사다리들이 하나씩 떨어져나간다. 나는 또 한 칸 올라간다. 나는 실체일까 허상일까. 아파트 위로 강철 구름이 떠다니고 까마득한 밑에서 또 한 사람이 올라온다.

개미와 새들의 도시

아침이면 개미들은 지상으로 올라온다. 중력의 지배를 받지 않는 개미들. 개미들은 아파트 옹벽을 타고 계단과 정원으로 흩어진다. 개미들은 굴뚝을 기어 올라갈 수도 있고 벽이나 천장에서도 떨어지지 않는다. 비 오기 전 흔적 없이 사라져 보이지 않는 개미들. 개미들은 홍수에도 떠내려가지 않는다. 새들은 아파트 옥상에서 건너편 옥상으로 단숨에 날아간다. 그들은 전깃줄 위에 똑바로 앉을 수 있고 하늘을 날아다니며 똥을 눌 수도 있다. 새처럼 날 수도 없고 개미들처럼 천장을 기지도 못하는 덩치 큰 인간들, 자신이 만물의 영장이라고 우쭐대는 뚱뚱한 인간들은 벤치에 앉아 있다 머리에 새똥을 맞기도 하고 개미에게 불알을 물려 펄쩍펄쩍 뛰기도 한다.

이상한 나라

이상한 나라엔 이상한 사람들만 살지요. 지도엔 없고 낡고 낡아 닳아버린 해도에나 있었을 법한 이상한 나라. 머리통이 하체에 달려 있고 아홉 개의 눈을 가진, 머리털 대신 뾰족한 가시를 단 사람들이 살았던 이상한 나라. 그런 나라가 옛날엔 있었다고 하더군요.

나는 책을 읽는다. 글자들 모두 거꾸로 박혀 있고 어떤 페이지엔 구멍 숭숭 뚫린, 표지도 없고 저자도 없는 책을 읽는다. 머리통 없는 아이들이 그네를 타고 눈동자 없는 사람들이 거니는 공원에서.

나는 읽던 책을 쓰레기통에 던진다. 뼈와 핏줄이 보이는 투명한 여자가 책을 주워 들고 내 옆에 앉는다. 나는 벌떡 일어나 성큼성큼 걷는다. 하얀 개미 여자, 안녕하세요. 인사하며 지나간다. 그녀의 발에 검은 개미 한 마리 밟혀 박살난다. 하얀 개미 여자 대문을 열고 하얀 집으로 돌아간다. 나도 하수도 뚜껑을 열고 땅 밑 어두운 내 집으로 내려간다.

미로 별장으로

미로 별장 가는 길에는 사람 잡아먹는 나무들이 산다. 고흐의 그림에 나오는 커다란 삼나무들이 지나가는 사람의 발목과 머리채를 휘어잡고 날카로운 이빨 번쩍이는 커다란 입을 벌린다. 당신이 꿈의 우물 속으로 뛰어들면 미로 별장 초대형 펌프가 당신을 별장 정원으로 던져 올릴 것이다.

정원의 난쟁이들 수수께끼를 내고 거꾸로 선 사과나무들 노래하고 검은 해바라기들 춤추는 미로 별장. 사람의 눈을 가진 새들이 분수대와 지붕에서 낮잠 자는 미로 별장. 별장으로 끌려온 사람들은 지하실, 1층, 2층, 술 창고, 잡동사니 창고로 흩어진다.

별장은 기이한 생명체. 커다란 입 벌려 노래도 부르고 오른손과 왼손으로 칠면조를 굽기도 한다. 미로 별장은 미로 별장 아주 깊은 곳, 아무도 돌아온 적 없는 곳에 있다. 잠든 사람들을 잡아온 트럼프 병정들이 미로 별장 구조를 바꾸고 어딘가로 재빨리 뛰어간다.

지워지다

어두운 방에 누워 있던 지저분한 수염의 남자, 오래 닫혀 있던 대문 열고 집 밖으로 걸어나온다. 부신 햇살에 눈 찡그리며 나무 그늘에 앉아 날아가는 나비를 본다. 흘러가는 구름과 흔들리는 들꽃을 본다. 들판 너머에서 들려오는 파이프오르간 소리에 나비들 흩어질 때

마네킹 든 남자 언덕을 넘어온다. 노래를 부르며, 수염 지저분한 남자 옆을 지나간다. 찬바람이 분다. 마네킹 든 남자 기침을 할 때 바구니 든 여자 들판을 넘어온다. 검은 머리칼 긴 그 여자, 두 남자 옆을 지나가며 흔들리는 들꽃과 흩어지는 나비떼를 본다.

들판 너머에서 파이프오르간 연주하던 여자 자전거 타고 언덕 사이 좁은 길 따라 수염 지저분한 남자의 집 옆을 지나간다. 검은 머리 여자와 마네킹 든 남자도 팔짱을 끼고 언덕을 넘어간다. 바구니 든 여자도 들판 너머에 있는 검은 파이프오르간 앞에 도착한다.

혼자 남은, 수염 지저분한 남자, 천천히 일어난다. 어두운 방을 향해 뚜벅뚜벅 걸으며 흘러가는 흰구름과 흔들리는 들꽃을 본다. 그가 문 닫고 집 안으로 들어가자 들판과 언덕이 지워진다. 그 사람의 쓸쓸한 집도 그 사람의 길고 날카로운 비명과 함께 천천히 지워진다.

2천 년

집 뒤엔 언덕이 있었다. 언덕엔 고인돌이 있었다. 나는 삽을 들고 고인돌 앞에 도착했다. 고인돌 위로 노란색 별들이 무섭게 날아다녔다. 나는 고인돌 밑을 파나갔다. 땅 밑에서 잠자던 구렁이들이 언덕 아래로 달아났다. 바람이 불자 언덕 밑의 대밭을 흔들며 2천 년 전의 여자들이 걸어나왔다. 항아리를 들고 대광주리를 들고 2천 년 전의 여자들이 걸어나왔다. 여자들만 살던 2천 년 전의 나라엔 긴 돌담으로 이어진 미로 같은 길들이 있었다. 밤이었다. 하늘에서 불덩이들이 떨어져내렸다. 2천 년 전의 마을이 시뻘겋게 불타올랐다. 2천 년 전의 산과 나무, 여자들과 아이들이 불타올랐다. 2천 년 전의 닭과 돼지, 오리와 염소가 불타올랐다. 모두 타버리고 돌들만 남았다. 돌담과 고인돌과 깨진 항아리들만 남았다. 나는 고인돌 밑을 파나갔다. 고인돌 위로 노란색 별들이 무섭게 날아다녔다.

연금술사

연금술사의 집 밖 연못엔 악어와 뱀과 커다란 물고기들이 산다. 무더운 여름, 낮잠 자다 일어난 연금술사가 작업실 문을 발로 꽝 찬다. 졸고 있는 아내의 머리통을 쇠망치로 후려친다. 연금술사의 아내는 파란 나무와 흰 나무들이 뒤엉켜 자라는 숲으로 허겁지겁 달아난다. 연금술사의 솥에는 쇳물이 부글부글 끓어오르고 작업실 구석 갈색 항아리에는 녹색 뱀들이 꿈틀거린다. 연금술사는 항아리의 녹색 뱀들을 차례차례 쇠솥에 집어던진다. 비명 지를 틈도 없이 녹아버린 녹색 뱀들을 휘휘 저으며 연금술사는 선풍기를 켠다. 그의 아내가 바구니에 풋사과를 담아 들어온다. 그는 사과 하나를 와작와작 씹어 먹으며 그의 아내가 빈 항아리를 들고 나가는 걸 본다. 그는 솥의 쇳물을 틀에 부어 금화를 만든다. 그의 아내가 문을 열고 들어와 금화 한 닢을 들고 나간다. 그는 다시 사과 하나를 씹어 먹는다. 그의 아내가 녹색 뱀을 가득 담은 항아리를 들고 들어온다. 선풍기가 회전을 멈춘다.

생각하는 묘지

묘지는 생각한다. 즐거웠던 운동회와 폭죽놀이의 추억과 사랑했던 여인을. 돈을 벌기 위해 공장과 공사장을 전전했던 일들을. 향기로운 샴페인과 달콤했던 입맞춤을. 신혼여행과 회갑 잔치와 병원에서의 일들을. 묘지는 또 생각한다. 묘지가 눈뜨던 장례식의 설레던 순간들을. 꽃다발과 흙더미들이 유쾌하게 머리와 심장으로 쏟아지던 순간들을.

왕들의 해변

바다가 보이는 언덕 하얀 궁전에 사는 왕들은 길고 깨끗한 식탁에서 천천히 아침을 먹는다. 백 명이 넘는 왕이 사는 이 해변 도시엔 으리으리한 궁전들이 빽빽하게 늘어서 있다. 희귀한 나무들은 적당한 위치에서 그늘을 드리우고 보석과 비단으로 치장한 여자들이 엉덩이와 가슴을 출렁이며 지나간다.

언덕 아래 사는 도둑들은 끼니 걱정을 하지만 왕들은 아침부터 술을 마시거나 트럼프 놀이를 하다가 코끼리를 타고 숲으로 사냥을 나간다. 왕들은 그림자가 가장 짧아지는 시간에 점심을 먹고 푸른 태양 빛나는 해변으로 나와 나른한 오후를 즐긴다. 왕비와 공주들도 그들이 기르는 개와 고양이도 모두 낮잠 자는 시간.

도둑은 잔디밭과 분수대 지나 끝도 보이지 않는 복도를 따라 걷다가 수많은 방문 가운데 하나를 연다. 방문을 닫고 서랍과 궤짝들을 조심스럽게 살피는 동안 옆방에서 쥐들이 바스락거린다. 방문을 닫고 나온 도둑은 건너편 방문을 연다. 방 안에는 젊은 공주들이 커다란 체크무늬 침대에 누워 꿈을 꾸고 있다.

해가 언덕을 넘어가고 궁전의 모든 깃발이 내려질 무렵 왕은 검은 말을 타고 궁전으로 돌아온다. 길고 깨끗한 식탁에 앉아 두번째 왕비와 세번째 네번째 왕비와 저녁을 먹는다. 식사를 마친 왕은 세 명의 왕비와 침실로 사라진다. 도둑은 꼼짝없이 누워 있는 젊은 공주들을 바라보다가 방문을 열고 나와 궁전 꼭대기를 향해 걷는다. 왕의 침실에 불이 꺼지고 해변은 어둠에 묻힌다.

벽에서 들리는 소리

아홉시 뉴스를 알려드리겠습니다. 오늘 오전 저는 강마을에서 낚시를 했습니다. 큰 물고기 두 마리를 잡았는데 두 놈 다 정상이 아니었습니다. 그중 한 놈은 끊어진 수화기를 들고 다이얼을 돌려 물 밖의 물고기에게 전화를 걸고 있었습니다. 다음 뉴스. 자기집에 사는 한 사내가 오늘, 자기 방에서 자살했습니다. 그는 다음과 같은 유언을 남겼습니다. 오늘 낮에 전화가 왔다. 맥스웰의 전투 행진곡이 들렸다. 전화를 건 여자는 아무 말도 하지 않았지만 나는 알고 있었다. 참 우스운 소식이죠. 죽은 놈이 알긴 뭘 알겠어요. 다음은 아프리카에서 안개 통신의 보도. 가나의 소설가 자이즈씨가 오늘 물고기 문학상을 받았습니다. 먼저 그의 수상 소감을 들어보겠습니다. 예. 감사합니다. 저는 자폐증 환자였지만 열심히 소설을 썼습니다. 제 귀엔 항상 무전병들의 고함과 폭격 소리가 들립니다. 그래도 저는 열두시가 되면 석쇠에 물고기를 올려놓고 요리를 시작합니다. 그러나 발전소에서는 전기를 제때 공급하지 않아요. 라디오의 전투 행진곡이 멈추고 사방이 조용해지면 마을 아이들은 옥수수밭 아래 버려진 녹슨 장갑차 앞으로 몰려가 패싸움을 합니다. 어떤 아이들은 무덤을 파고 해골과 뼈다귀를 훔쳐 달아나기도 해요. 그러면 나는 상상을 하죠. 마을이 조용히 사라지는 상상, 얼마나 낭만적입니까? 마을은 물고기의 상상 속에나 있죠. 마을은 신기루예요. 대상들은 낙타를 타고 신기루를 지나가며 이렇게 말하죠. 이상으로 아홉시 뉴스를 마치겠다고 말이에요. 그러나 아무도 믿지 않아요. 뉴스는 항상 거짓말투성이니까요. 다음 뉴스는 뉴스를 마쳐야 한다는 소식이군요. 그럼요. 뉴스는 항상 마쳐야 하는 거니까요. 감사합니다. 다음 시간까지, 안녕히 계십시오.

중학교 앞에는 슈퍼마켓과 문방구가 있었다

중학교 앞에는 슈퍼마켓과 문방구가 있었다. 아이스크림과 솜사탕을 파는 남자도 있었다. 중학교 앞 검은 아스팔트 위로 버스가 지나갔다. 중학교 앞에는 어두운 골목과 어두운 집들이 있었다. 어두운 집들의 일층과 이층에는 더 어두운 유리창이 있었고 유리창을 반쯤 가린 미루나무도 있었지만, 어디에도 사람은 없었다. 대문을 열고 검은 장독들이 있는 집으로 들어갔다. 아무도 없는 빈집이었다. 빈집을 나와 회색 계단을 따라 올라가다가 녹색 대문 열고 이층집 마당으로 들어섰다. 삼나무들 사이엔 회색 거미줄이 가득했다. 붉은 줄무늬 거미들이 줄에 매달려 있었다. 반쯤 열린 현관문 사이로 보이는 거실엔 파란 체크무늬 소파가 있었다. 갈색 책장엔 책들이 잔뜩 꽂혀 있었고 책장 옆엔 LP로 가득한 진열장이 있었다. 턴테이블에 음반 하나를 올리자 파도 소리와 기타 소리가 울려퍼졌다. 이층엔 두 개의 방이 있었고 나선계단이 삼층으로 이어져 있었다. 삼층 벽에는 창문과 계단이 그려진 그림이 걸려 있었다. 나는 그림 속 창문을 열고 중학교 건물을 내려다보았다. 운동장엔 아무도 없었다. 아름드리나무들만 서 있었다. 중학교 뒷산에서 흰구름이 솟아올랐다. 검은 아스팔트를 따라 버스가 내려오고 있었다. 아무도 없는 버스에 올라 빈 의자에 털썩 주저앉았다. 검은 옷 입은 여자들 노란 눈 반짝이며 문방구 옆 어두운 골목으로 들어서고 있었다. 텅 빈 버스는 비탈길 따라 언덕 아래로 천천히 내려갔다.

마술사의 죽음

마술사는 지붕에서 뛰어내린다. 뛰어내리며 모자를 벗는다. 모자 속에서 비둘기들이 하얗게 날아오른다. 마술사는 침대 쿠션을 실은 트럭 위에 떨어진다. 달리는 트럭에 누워 휙휙 지나가는 화단의 검은 꽃들이 진짜 꽃인지 생각해본다. 모자 속에서 날아간 하얀 비둘기들이 진짜 비둘기였는지 생각해본다. 그는 자신이 진짜 마술사인지 생각해본다. 나는 어떤 마술사가 만들어낸 비둘기가 아닐까. 트럭을 타고 가며 그는 생각에 잠긴다. 운전석의 마술사는 음흉한 웃음을 흘리며 절벽 쪽으로 차를 거칠게 몰아가고 있다.

그로테스크

제 머리통을 든 사람들이 미친듯이 달려간다. 노란 꽃 가득 핀 들판을 넘어 쇳덩어리 전차들 끼 끼 끼 끼 끼 끼 끼 끼 불쾌한 소리를 내며 몰려온다. 나는 뾰족한 지붕을 타고 내려와 난폭한 소들을 풀어놓는다. 공원 의자에 앉아 입맞추던 사람들 집으로 달아나고 머리통을 들고 달리던 여자 내가 푼 소뿔에 꿰어 공중으로 튀어오른다. 불쾌한 전차에서 해골 인간들이 내린다. 이빨을 딱딱거리며 그들은 들이닥친다. 관공서에서 비상을 알리는 사이렌이 울려퍼진다. 사이렌 소리에 긴 잠에서 깨어나 안도의 한숨을 쉰다. 그러나, 창밖을 보니 하늘에서 검은 꽃들이 떨어지고 있다. 노란 꽃 핀 들판으로 뛰어나가보니 꽃들은 하얗게 질려 있다. 모든 것이 하얗게 탈색되고 있다. 나는 내 두개골을 들고 집을 향해 달린다. 뼈만 남은 개들이 캑캑캑 짖고 있다. 인간의 시간에 종말을 고하는 푸른 번개들이 아파트 피뢰침 끝에 내려꽂힌다. 무시무시한 천둥소리에 잠에서 깨어나 안도의 한숨을 쉰다. 창문을 열어보니 하늘은 맑고 새들은 여전히 지저귀고 있다. 하지만 세수하다 거울을 보니 거울엔 아무도 없다. 머릿속이 텅 빈, 이상한 날이다.

미로

그는 지상 일층 지하 십오층의 이상한 건물로 들어간다. 지하 일층엔 선인장들이 빽빽이 들어차 있다. 그는 선인장의 방을 빠져나와 지하 이층으로 내려간다. 지하 이층엔 거미와 새들이 그려진 항아리들 아무렇게나 뒹굴고 있다. 그는 물결무늬 항아리와 주둥이가 좁은 녹색 항아리를 한참 바라본다. 뒹구는 항아리를 발로 차며 그는 삼층으로 이어지는 문을 연다. 지하 삼층엔 징그러운 뱀들이 기어다니고 있다. 깜짝 놀란 그는 지하 삼층에서 지하 이층으로 이어지는 계단을 재빨리 뛰어오른다. 작은 항아리를 밟고 미끄러져 허리를 다친다. 선인장 가시에 얼굴을 할퀴며 그는 지상 일층으로 올라온다. 하지만 아무리 찾아도 밖으로 나가는 문이 보이지 않는다. 그는 이상한 건물에 꼼짝없이 갇히고 만다.

2부 지상에서의 나날

검은 날

아침에 일어나보니 사람들은 트럭에 실려 공장으로 옮겨지고 있었다. 개들은 지붕 위에서 쉬지 않고 울부짖었다. 박쥐들이 아파트에 부딪혀 바닥으로 떨어졌다. 철공소에서 도로까지 핏자국이 길게 이어져 있었다. 아이들은 항아리에 숨어 잦은 기침을 했다. 굴뚝에서 검은 구름이 끝없이 솟아올랐다. 연립주택 주위를 돌아다니던 개미들이 어딘가로 바삐 기어갔다. 검은 날, 검은 날이 시작되었다. 커다란 까마귀들이 전깃줄에 앉아 검은 눈동자를 굴리고 있었다. 문 닫은 백화점 앞을 뒹굴던 검은 항아리 속에서 아이 하나 피 흘리며 걸어나왔다. 핏자국에서 불길이 솟아올랐다. 아파트 베란다의 가스통들이 시뻘겋게 달아올랐다. 검은 구름이 지상으로 떨어졌고 달력에서 숫자들이 지워졌다. 사람들은 검은 구름에 휩싸여 어딘가로 사라졌다. 쉬지 않고 짖어대던 지붕 위의 개들이 조용해졌다. 굴뚝새들과 까마귀들이 하늘을 물들이며 시커멓게 펄럭거렸다.

검은 깃발

우리가 나무를 잘라 집을 짓는 동안 그들은 철판을 두드려 거대한 배를 만든다. 우리가 흙으로 그릇을 빚고 옥수수와 감자를 기르는 동안 우리가 마당 가득 붉은 꽃을 심고 나무 그늘에 앉아 노래를 부르는 동안 그들은 검은 깃발을 만든다. 우리가 물고기를 잡고 세간을 마련하고 아이를 낳아 자장가를 불러줄 때, 그들은 온다. 검은 깃발 펄럭이며 흰구름 떠다니는 푸른 하늘을 가로질러 바람처럼 달려온다. 검은 배를 타고 그들은 소리도 없이 온다. 그들이 탄 거대한 배는 우리 마을 옥수수밭을 깔아뭉개고 우물과 느티나무가 있는 넓은 길을 엉망으로 만든다. 그들은 우리가 일군 논과 밭을 쑥대밭으로 만들고 옹기점의 갈색 그릇들을 부수고 우리 아이들을 어둡고 커다란 배에 잡아 가둔다. 그들은 우리의 나무집에 불을 놓고 떠난다. 검은 깃발을 펄럭이며, 천천히 떠난다.

허슬러

당구장에서 청춘을 날려버린 중년의 허슬러, 담배를 물고 당구장 계단을 내려오다 전선 위에 앉아 있는 몇 마리 참새를 본다. 짧은 치마 입고 지나가는 젊은 여자를 본다. 세탁소와 목욕탕과 식당과 오리나무 무성한 공원을 지나 슈퍼마켓으로 들어간다. 라면과 포도주와 계란과 담배를 사고 주공아파트 104동 805호 낡은 집으로 돌아간다. 지친 얼굴로, 투명한 유리잔에 포도주를 따르고 냉장고 문을 열어 얼음을 꺼낸다. 차가운 포도주는 그에게 약간의 활기를 준다. 그는 진열장에서 낡은 LP를 꺼내 턴테이블 위에 올린다. 잡음과 함께 음악이 울려퍼진다. 그는 소파에 기대어 가장 행복했던 시절을 생각해본다. 창문 밖으로 흰구름이 지나가고, 공원에서 놀던 참새 몇 마리 나무를 박차고 푸른 하늘로 솟아오른다.

항아리

꽃집에 가서 꽃을 샀다. 꽃 심을 화분 대신 항아리 하나를 샀다. 항아리와 꽃을 들고 집으로 오다가 새 장수를 만났다. 새장을 사라고 했다. 왜 새는 안 팔고 새장만 파나요. 내가 물었다. 철물점에 가면 새를 팔지요. 새 장수가 말했다. 항아리와 꽃을 들고 철물점을 찾아갔다. 꽃을 주고 앵무새 두 마리를 샀다. 항아리에 앵무새를 넣고 집으로 오다가 빵 파는 여자를 만났다. 빵을 사라고 했다. 빵은 필요 없어. 첫번째 앵무새가 말했다. 빵은 필요 없고 네가 필요해. 두번째 앵무새가 말했다. 항아리에 빵 파는 여자와 앵무새를 넣고 집으로 돌아와 항아리를 열어보니 앵무새는 없고 여자만 있었다. 앵무새는 어디 갔나요. 내가 물었다. 앵무새는 꽃집에나 가서 물어보시지. 빵 파는 여자가 말했다. 여자 뱃속의 앵무새가 말했다.

간빙기의 추억

지직거리며 자막이 올라오고 영화는 끝난다. 어둡고 어두운 뒷골목에서 담배 피우던 여자들이 마지막 음악과 함께 사라지자 날카로운 눈매의 젊은 남자 새장을 들고 버스에서 내린다. 어둡고 어둡고 어두운 골목을 돌아 무너져가는 집안으로 들어간다. 어두운 음악이 흐른다. 그는 삐걱거리는 침대 위에 새장을 내려놓는다. 검은 외투를 벗고 비디오를 켠 후 냉장고에서 캔맥주를 꺼내 마신다. 텔레비전 보던 영화 속의 젊은 남자 찢어지는 소리로 노래를 부르다가 손을 뻗어 플러그를 뽑는다. 비디오를 보던 그도 고개를 갸우뚱거리며 플러그를 뽑는다. 그는 지금 자신이 어디에 있는 건지 생각하기 시작한다. 자신이 누구인지 생각하기 시작한다. 집 밖 어딘가에서 희미한 음악 소리가 들린다. 그가 주인공으로 등장하는 어둡고 어두운 영화와 영화와 영화들 서서히 막을 내린다.

떠올랐다

기차가 지나가자 바람이 떡갈나무를 흔들었다. 늦게 일어난 청년이 창밖으로 시든 꽃 한 송이를 던졌다. 떡갈나무로 둘러싸인 건물에서 검은 승용차가 빠져나왔고 공장 굴뚝에서 노란 연기가 올라왔다. 검은 구름 몰려온 뒤 갑자기 사방이 조용해졌다. 그리고, 모든 것이 떠오르기 시작했다. 자전거가 떠올랐고 자동차와 유모차가 떠올랐다. 라디오와 전축이 떠올랐고 밥상과 숟가락이 떠올랐고 슈퍼마켓에 진열된 물건들과 폐차장 바퀴들이 떠올랐다. 인형들과 옷가지들이 떠올랐고 맥주병과 가스통이 떠올랐고 컴퓨터와 텔레비전이 떠올랐다. 대문과 방문이 떠올랐고 떡갈나무와 오리나무도 떠올랐다. 무덤에서 잠자던 시체들도 관과 함께 떠올랐고 시체를 염하던 장의사와 개밥 주던 수의사도 떠올랐다. 책상에 앉아 졸던 소설가 윤종수씨가 떠올랐고 베란다에서 담배 피우던 윤경주씨도 떠올랐다. 떠오를 수 있는 모든 것이 떠올랐다. 공중전화 부스가 떠올랐고 공사장 철근이 떠올랐고 학교 가던 아이들이 떠올랐고 밥 먹던 사람들과 늦잠 자던 사람들도 약수터 가던 사람들과 함께 떠올랐다. 뛰어다니던 개들이 떠올랐고 시궁창의 쥐새끼들도 떠올랐다. 그리고, 너무나 고요해졌다.

지붕 위의 여자

폭탄 소리 들리나요? 나는 잔소리를 즐기는 지붕 위의 여자, 감옥에서 지금 막 나온 여자 당신들이 학교로 보낸 아이들은 기계가 되고 있지요 그들은 당신이 사는 마을에 폭탄을 떨어뜨릴 거예요 그들은 군인이 되어 폭격기와 대포를 몰고 당신이 사는 평화로운 집과 마을을 부술지도 몰라요 나는 지붕 위의 여자, 당신들에게 끝없이 중얼거리는 여자 당신의 튼튼한 집에 금가는 소리 들리나요 아이들이 학교에 가 있는 동안 공장에선 총과 장갑차와 대포들이 쏟아져 나오지요 무기들은 당신의 생명과 재산을 지켜주기 위해 만들어지는 걸까요 쓸데없는 소리 하지 말라고요 흥! 나는 끝없이 지껄여대는 지붕 위의 여자, 당신은 국회의원과 장관을 믿나요 그들이 당신을 위해 열심히 일한다고 생각하나요 폭탄이 떨어질 때 그들이 달려와 당신의 아이들을 구해줄까요 그들은 술도 안 마시고 골프도 안 치고 오직 당신을 위해 종일 뛰어다니나요 당신의 판잣집이 철거반에 의해 허물어질 때 그들이 달려와 당신 대신 싸워줄 수 있나요 그들이 당신들을 행복하게 해줄 수 있나요 나는 지붕 위의 여자, 아무것도 믿지 않아요 당신의 아이가 자라서 그들이 되지 않는다는 법이 있나요 전쟁 없는 평화의 날들이 끝없이 펼쳐질 것 같나요 나는 지붕 위의 여자, 아무것도 믿지 않아요 자, 이제 대답하세요 폭탄 소리가 들리나요?

늪지대

음산한 집을 돌아나온 바람이 담장을 넘어온다. 나는 담장 뒤편으로 이어진 외딴길을 걸으며 덤불 밑을 기는 독사를 본다. 자세히 보니 이 눅눅한 늪지대엔 온갖 독충이 우글거린다. 검은 잠자리 떼지어 날아가는 돌더미 밑으로 도마뱀 한 마리 숨는다. 바람이 몹시 분다. 음산한 집에서 녹슨 종소리 댕댕댕 울려퍼진다. 나는 자꾸 걸어간다. 길이 끊어지고 습한 바람이 얼굴을 스치며 흩어진다. 어둠은 대지를 무겁게 짓누르며 재빠르게 내려오고 숲에서 푸른 눈동자들이 일렁인다. 걸음을 멈추고 왔던 길을 따라 허둥지둥 내려간다. 하늘에 노란 별 총총 박히고 바람은 찬데 마을은 보이지 않는다. 전나무가 긴 팔을 뻗어 뒷덜미를 낚아채지 않을까. 늪에 사는 마녀의 검은 개들이 나타나지는 않을까. 숲에서 빨간 눈 박쥐들이 날아온다. 음산한 집에서 댕댕댕 울리는 녹슨 종이 날아다니는 것 같은 늪지대. 어두운 밤.

무인도로의 여행

그는 여행을 떠난다. 검은 새들이 사는 무인도로 간다. 딱딱한 나무들이 자라는 숲을 지나간다. 숲을 지나며 오래된 돌담을 본다. 말라붙은 우물을 본다. 그는 우물 안을 들여다본다. 우물 속에서 무슨 소리가 들리는 것 같은데. 그는 숲을 빠져나간다. 새들이 지저귀는 개울을 지나 돌로 만든 집 앞에 도착한다. 그는 대문을 두드려본다. 인기척이 없다. 그렇지! 이곳은 무인도지! 그는 발길을 돌린다. 새들이 지저귀는 개울을 지나 숲으로 들어간다. 말라붙은 우물과 담쟁이 가득한 돌담 지나 딱딱한 나무들 자라는 숲을 빠져나온다. 무인도를 빠져나온다. 여행이 끝난다.

3월 14일

사탕을 빠는 A가 앉아 있는 목조 계단을 본다. 회색 바람은 검은 나무에 작은 새 몇 마리 걸어놓는다. A가 데려온 노란 개가 목조 계단 위에서 꼬리를 흔든다. 나뭇잎이 계단으로 A는 고개를 들어 회색 구름 달려가는 우중충한 하늘을 본다.

목조 계단은 길과 이어져 있고 길옆에는 낡아버린 사층 아파트가 있다. 아파트엔 폐병쟁이 B가 산다. 그녀는 난로가 있는 창가에 앉아 사탕을 빨며 피아노를 친다. 딩동댕 딩동댕 맑은 소리 유리창 밖으로 풍선처럼 흩어진다. 작은 새들 풍선을 타고 날며 공중에 부드러운 곡선 몇 개를 그린다.

사층 아파트와 이십오층 아파트 사이에 목조 계단이 있다. 바람이 불면 이십오층 꼭대기에 사는 사람들은 집이 흔들리는 느낌이 든다. 저녁이 오면 A는 사탕을 빨며 이십오층으로 올라간다. 피아노 소리의 환청이 귓속으로 빨려들어온다. A는 현관문을 열고 아무도 없는 집으로 들어간다.

C는 이십오층의 어떤 방에서 사층 아파트를 내려다보며 사층 아파트가 살아 있다고 생각한다. 저 큰 괴물의 몸속에는 백 명이 넘는 사람이 살고 있고 몇 마리의 쥐와 몇 마리의 바퀴벌레가 숨어 있어. 붕어나 청거북이 있을

수도 있겠지. 저놈은 가스관과 수도관을 통해 피를 실어 나르는구나. 저놈은 동물일까. 식물일까. 저놈의 구조는 꽤 복잡하군. 그런데 저 괴물 몸속에 사는 놈들은 자신이 괴물의 애완동물인 줄도 모르고 자신이 괴물의 주인인 줄 알고 있다지 아마.

굴뚝

굴뚝 위에서 춤추는 사람을 본다. 낡은 기타 멘 남자 버스를 타고 어두운 도로를 지나며 굴뚝 위에서 춤추는 사람을 본다. 아니 새를 본 건지도 모른다. 굴뚝 위에서 춤추던 사람은 굴뚝 아래를 내려다보며 자신이 사람인지 새인지 생각해본다. 나비인지도 생각해본다. 굴뚝은 쿨룩쿨룩 기침하며 검은 연기만 뿜어낸다.

버스 타고 가던 남자는 굴뚝 밑에서 무슨 일이 벌어지는지 궁금해진다. 그는 버스 창문을 열고 훌쩍 뛰어내려 커다란 굴뚝이 있는 건물 안으로 달려간다. 굴뚝 위에서 춤추던 사람, 쿨룩쿨룩 잦은 기침을 한다. 굴뚝 밑에서 일하던 사람들이 갑자기 뛰어든 남자를 보고 깜짝 놀랄 때, 누군가 굴뚝 아래로 뛰어내린다.

굴뚝 위에서 춤추던 다른 사람들 쯧쯧 혀를 차며 일제히 굴뚝 안으로 사라진다. 굴뚝은 박살난 사람을 보며 쿨룩쿨룩 잦은 기침을 한다. 굴뚝 밑에서 일하던 사람이 굴뚝 위로 올라간다. 새로 올라온 사람은 굴뚝을 위해 열심히 일하기로 다짐한다. 그의 다짐과 무관하게 굴뚝은 검은 연기를 끝없이 뿜어낸다.

공장들의 도시

술 공장 기계들 돌아간다. 설탕 공장과 피아노 공장의 기계들도. 우리가 알지 못하는 수많은 공장 무수한 기계도 돌아간다. 근육과 뼈와 손가락을 움직이며 발전소 전기를 물처럼 마시며 술 취한 기계들 끝도 없이 돌아간다. 공장 뒤편 뜰에는 검은 새들 날아다니고 공장 지붕에는 힘없는 나방들이 잠들어 있다. 굴뚝의 연기 바람에 흔들려 흩어지고 지붕 홈을 타고 녹슨 빗물 뚝뚝 떨어진다. 오후의 나무들 공장 밖으로 그림자를 길게 뻗어내고 개들은 컹컹 짖는다. 사람들은 개미처럼 움직이며 피곤한 작업을 하고 아무것도 모르는 기계들 힘차게 돌아가며 윙윙 철커덕 소리를 낸다.

새들이 많은 골목

회색 벽돌담 긴 골목을 걸어나가며 골목들 사이로 흐르는 새를 본다. 골목 끝 광장엔 커다란 나무가 있고 나무 밑에는 의자가 있다. 자전거 탄 긴 머리 여인이 의자 앞을 지나간다. 나는 시멘트 다리 건너 반대편 좁은 골목으로 들어간다. 검은 까마귀 뾰족한 부리에 물고기 한 마리 물고 흰구름 둥둥 떠다니는 하늘을 날아가며 까악까악 울부짖는다. 뾰족한 부리에서 죽은 물고기 한 마리 툭 떨어진다.

날아다니는 꿈

날아다니는 꿈은 얼마나 즐거운가. 공중을 흘러다니며 마음껏 날아다니는 꿈. 샤갈의 그림 안으로 들어간 젊은 여자 공중을 날아다니며 세상을 내려다본다. 전깃줄 위엔 하얀 천사, 검은 천사 지붕 위엔 날개 달린 소를 탄 노란 사람, 노란 사람 머리엔 빨간 꽃, 파란 꽃, 하얀 꽃, 검은 꽃, 꽃으로 둘러싸인 둥근 건물들 사이로 보이는 아스팔트 따라 사람들은 개미처럼 돌아다니지만

건물 유리창을 부순 나무들 긴 팔을 뻗으며 달을 향해 달려간다. 커다랗게 자란 나무는 수많은 팔을 뻗어 줄기에 붙은 사람들을 털어낸다. 검은 천사 하얀 천사 전깃줄 박차고 올라 푸른 칼로 수많은 팔을 잘라낸다. 화가 난 팔들은 천사를 움켜잡고 팽개친다. 천사들은 폭탄처럼 터지며 땅 밑 수맥을 건드린다. 물들이 일어서며 꽃의 도시를 흥건히 적신다.

나무가 달에 도착하자 달은 순식간에 나무로 뒤덮인다. 나무의 무시무시한 팔들이 달나라의 소와 돼지와 고양이와 염소를 움켜잡고 삼키기 시작한다. 살아남은 사람들은 나무줄기에 아귀처럼 꽉 붙어 있다. 날아다니는 꿈은 얼마나 즐거운가. 하지만, 누군가 발을 잡고 자꾸만 밑으로 끌어당긴다.

수학적인 삶*

천문학자는 별들의 회전 속도를 계산하고 수학자는 옆집 늙은이가 살아갈 날들을 계산한다. 유리 장수는 자를 유리의 길이를 재고 도서관의 젊은 사서는 진열된 고서의 발행연도를 기록한다. 도서관과 천문학자의 집으로 갈 책장을 만들기 위해 목수는 길이에 맞게 나무를 자르고 못을 박는다. 수학자는 옆집 늙은이의 장례식날 쓸 관의 두께와 길이를 계산하고 유리 장수는 진종일 커다란 유리관을 짠다.

* 자크 프레베르의 「유리 장수의 노래」를 읽고.

생각하는 남자

고층 아파트 어느 방, 한 남자가 종이 위에 볼펜으로 낙서를 한다, 남자는 책장에서 피카소 화집을 뽑아 들고 쓸데없는 생각을 한다. 남자는 뿔 달린 고래를 타고 바닷속으로 한없이 내려간다. 바닷속 돌문이 스르르 열린다. 돌문 안으로 들어간 남자는 갑자기 정신을 잃고 쓰러진다.

눈을 뜬 남자는 자신이 방 안에 있는 것을 알게 된다. 남자는 커튼을 걷고 기지개를 켠다. 한숨 잘 잤다고 생각하는 것이다. 그러나 놀랍게도, 아파트 아래층들이 바다에 잠겨 있다(아파트에 사는 사람은 가끔 이런 상상을 한다). 남자는 건너편 옥상을 본다. 외뿔 인간들이 음료수 마시며 일광욕을 즐기고 있다. 눈을 비비며 자신이 지금 어디에 와 있는지 살펴보려 했지만, 작은 방은 배처럼 떠다니고 팔다리 휘젓는 남자의 몸은 천천히 녹아내리고 만다.

지상에서의 나날

1

사람들은 탯줄로 이어진 식물이었다. 딸기 덩굴 같은 것이었다. 서로의 생각을 모두 알았다. 탯줄을 끊는 건 상상도 할 수 없는 일. 그러던 어느 날, 사람들 귀엔 고막이, 사람들 눈엔 눈동자가 생겼다. 입이 생겨 말을 시작한 뒤, 사람들은 다른 사람들이 무슨 생각을 하는지 알 수 없었다.

2

아주 많은 시간이 흘러 손과 발도 돋아났다. 사람들은 칼을 만들었다. 탯줄을 끊고 흩어졌다. 암수로 나누어졌다. 칼로 다른 사람을 찌르기 시작했다. 전쟁이 일어났다. 수없이 많은 사람이 죽었다. 사람들은 도시를 만들고 기계를 만들었다. 마침내, 다른 사람들이 무슨 말을 하는지 알아들을 수 없게 되었다. 자신이 무슨 말을 하는지도 알 수 없게 되었다.

3

내 오른쪽 귀로 날아 들어온 새는 나방이 되어 내 왼쪽 콧구멍으로 빠져나간다. 내 입으로 들어간 도마뱀은 지네가 되어 내 배꼽을 뚫고 기어나온다. 지네는 내 오른쪽 콧구멍으로 들어가 내 몸속을 휘젓고 다니며 수억 개의 개미 알을 뿌린다. 마침내 나는 커다란 개미굴이 된다. 개미굴에서 흰 여왕개미가 태어난다. 그녀는 흰 날개를 펄럭이며 내 두개골을 뚫고 대기 중으로 날아오른다. 오랜 시간이 흐른 후 그녀는 하얀 새가 되어 내 왼쪽 귀로 다시 날아 들어온다.

흰 벽돌 도시

벽돌 도시엔 벽돌로 만든 아파트가 있고 벽돌로 된 병원과 학교와 백화점도 있다. 도시엔 커다란 벽돌 공장이 있다. 이곳 사람들은 누구나 벽돌 공장에 나가 일해야 한다. 인부들은 기계적으로 벽돌을 찍어내고 창고와 트럭에는 흰 벽돌들이 자꾸만 쌓인다. 도시 북쪽 오래된 숲에서 강은 시작된다. 강의 이쪽과 저쪽을 이어주는 다리 아래로 커다란 물고기들은 돌아다닌다. 도시에서 시작된 벽돌의 길은 강바닥으로 이어져 있다. 물밑의 길을 따라 물고기들은 사냥감을 찾아 나선다. 건축물과 수초 사이엔 흰색 항아리들이 있다. 항아리 안엔 알을 낳는 하얀 물고기들도 있다.

사람들은 트럭에 죽은 사람을 싣고 와 강 가운데 버리고 노래를 부르며 돌아간다. 강과 도시가 사람들의 무덤이다. 사람들의 뼈가 강바닥에 쌓이면 물고기들은 살이 오르고 벽돌 공장 인부들은 하얀 항아리 가득 뼈를 담아 올린다. 뼈들은 트럭에 실려 벽돌 공장으로 옮겨진다. 벽돌 공장엔 흰 벽돌이 자꾸 쌓이고 강에서는 하얀 물고기들 끝없이 태어난다. 사람들은 물고기를 먹고 자라고 죽어서 고기밥이 된다. 벽돌 도시에 벽돌 건물들 자꾸만 생겨나고 사람들은 자꾸자꾸 태어나 벽돌 공장으로 간다.

계단

그 계단은 급경사를 이루고 있었다 계단에 아무 생각도 없이 앉아 있으니 염색 공장이 보였다 나는 계단 꼭대기에 올라갔다 염색 공장 옥상에는 염색한 천을 너는 젊은 여자들이 있었다 해바라기와 새가 그려진 천들을 너는 여자들의 손은 붉은색이었다 바람이 부는지 꽃과 새들이 빨랫줄 위에서 펄럭거렸고 여자들의 붉은 손가락이 뚝뚝 부러지며 옥상 시멘트 바닥으로 떨어져내렸다 눈 비비고 다시 보니 염색 공장은 없었고 바람 한 점 없는 맑은 하늘 위에 흰구름이 떠 있었다

그 계단은 급경사를 이루고 있었다 계단에 아무 생각 없이 앉아 있으니 커다란 나무와 커다란 새들이 눈에 들어왔다 손가락 없는 젊은 여자들은 해바라기 티셔츠를 입고 커다란 나무의 둘레를 재고 있었다 열 명의 여자가 나무를 둘러쌌지만 10분의 1도 감싸지 못했다 커다란 나무였다 나무 위에는 여자들보다 큰 새들이 검은 뱀을 쪼아먹고 있었다 새집에는 하얀 알과 하얀 뼈다귀들이 뒹굴고 있었다 그 계단은 급경사를 이루고 있었다 나는 아무 생각 없이 계단에 앉아 있었다

아침

변두리 집들은 오래된 대문을 달고 있다. 오래된 창문을 달고 있다. 집과 집 사이 오르막길은 가파른 계단으로 이어진다. 계단 옆 오리나무 위에 앉은 흰 새 한 마리 가파른 계단을 내려다본다. 계단을 따라 누군가 올라온다. 검은 가방을 들고. 바다에서 올라온 짙은 안개는 불규칙적 창문들을 지우고 가파른 계단을 지우고 계단을 올라오는 누군가를 지운다. 그의 검은 가방도 지운다. 안개 때문에 아무것도 보이지 않는데, 화물열차 기적 소리가 들리고 가파른 계단을 올라오는 마른기침 소리도 들리고 짙은 꽃향기 뚫고, 방송국 전파들 날아다니는 소리도 들린다. 변두리 어느 방에서 기지개 켜며 한 남자가 일어나는 소리도 들린다.

3부 도굴꾼들의 도시

카드놀이

그들은 방안에 둘러앉아 카드놀이를 한다. 그들은 일곱 장의 카드를 들고 신경을 곤두세운다. 그들은 모두 일곱이다. 방안의 벽시계는 7시 7분을 가리키고 있다. 그들은 시간 가는 줄도 모르고 담배를 빽빽 피워댄다. 그들의 방석 앞에는 동전과 지폐들이 뒹굴고 있다. 빨간 셔츠 입은 사내는 하트가 빠진 세 장의 에이스와 두 장의 퀸을 들고 있다. 흰 조끼 입은 사내는 하트가 빠진 세 장의 퀸과 두 장의 에이스를 들고 있다. 세상에 다섯 장의 에이스와 퀸이 있는 카드놀이는 없다. 그러나 그들은 자신들이 몇 장의 카드로 게임을 하는지 모른다. 빨간 셔츠 사내가 계속 돈을 딴다. 창밖엔 눈이 내리고 있다. 7월 7일 7시 7분은 계속된다. 그러나 아무도 이상하게 생각하지 않는다.

도굴꾼들의 도시

숲이 있고 비둘기가 있고 나무가 있는 언덕 위 도굴꾼들의 도시, 아침이 오는 거리 위로 배낭 멘 사람들이 몰려나온다. 도굴꾼들은 나무 밑에 앉아 담배 한 대 피우고 마운드 위에 십자 모양 표식을 그린다. 꽃삽으로 흙을 떠내자 땅속에서 하얀 비둘기들 푸드덕 날아오른다. 비둘기들이 있던 자리엔 녹색 선들 복잡하게 그려진 커다란 항아리 세 개. 항아리 뚜껑을 열어보니 놋쇠 그릇이 가득하다. 항아리를 들어올리자 녹슨 철판이 보이고 철판을 치우자 지하로 이어진 계단이 나타난다. 계단 벽에는 구리거울들이 잔뜩 걸려 있다. 도굴꾼들은 정육각형 광장에 도착한다. 광장엔 삼나무가 있고 삼나무 위엔 비둘기들이 앉아 있다. 광장 옆 붉은 벽돌집 굴뚝에서 연기가 흘러나온다. 벽돌집 문을 열자 현상금 걸린 도시의 유명한 도굴꾼들이 붉은 체크무늬 천이 깔린 둥근 테이블에 둘러앉아 카드놀이를 하고 있다. 도굴꾼들 사이에서 제복 입은 경찰관 한 명이 걸어나온다. 이놈들은 악질인데다 지독한 탈세범들이죠. 게다가 상습적인 노름꾼들이랍니다. 감옥으로 가야 해요. 도굴꾼들은 손목에 금속 수갑이 채워진 채 밖으로 끌려 나온다. 마운드 밖에는 비가 내리고 있다.

물푸레나무

일곱 대의 버스가 일곱 명의 남자를 싣고 공원묘지 옆 일차선 도로에 멈춘다. 일곱 명의 남자가 일곱 개의 검은 가방을 들고 공원묘지 옆을 지날 때 일곱 마리 까마귀 까악까악 울부짖으며 묘지에 내려앉는다. 검은 구두 신은 일곱 명의 마법사가 이슬 맺힌 냇가 물푸레나무 앞에 모이자 일곱 사람의 남자 가방을 열고 권총을 결합한다. 묘지를 박차고 올라간 까마귀들이 포도밭 위를 맴돌다 물푸레나무 꼭대기에 내려앉는다. 마법사들은 일곱 개의 지팡이를 냇가 조약돌 틈에 쑤셔박고 물푸레나무 가지를 꺾어 주문을 왼다. 젖은 물푸레나무 가지에 앉아 있던 까마귀들 나무 밑으로 힘없이 떨어진다. 마법사들은 나뭇잎을 긁어모아 불을 지핀다. 까마귀들을 나뭇가지에 꿰어 매캐한 연기 올라오는 불에 굽기 시작한다. 고기 익는 냄새가 공중에 퍼져나가자 소리 없이 나타난 일곱 명의 남자가 냇가 물푸레나무 쪽으로 빵빵빵빵 탕탕탕 일곱 발의 검은 총알을 발사한다. 일곱 명의 마법사 비명도 없이 고꾸라진다. 남자들이 물푸레나무 아래로 재빨리 뛰어든다.

검은 구름 몰려다니는 오후

검은 구름 몰려다니는 오후. 검은 개들 컹컹컹 짖어댔다. 나는 방에 누워 라디오를 들었다. 바람이 심하게 불어 건너편 아파트 환기통들이 빠르게 돌았다. 석탄 실은 기차가 지나갔고 아파트가 덜컹거렸고 검은 개들이 해바라기밭에서 뛰어나왔다. 도로 위로 검은 자동차들이 달렸다. 건너편 아파트 안테나에 까마귀들이 앉아 있었다. 검은 양복 입은 남자들 가방을 들고 어두운 건물 안으로 사라지자 검은 생머리 여자 해바라기 화분을 들고 어두운 건물을 빠져나왔다. 탕탕탕 총소리 검은 구름 몰려다니는 하늘 위로 울려퍼졌다. 바람이 유리창을 흔들며 지나갔고 숲에서 비둘기들이 날아올랐다. 나는 라디오를 끄고 전화선을 뽑았다. 검은 생머리의 젊은 여자 해바라기 화분을 들고 아파트 계단을 뚜벅뚜벅 올라오는 소리. 초인종이 울렸다. 나는 서랍을 열고 권총을 집어 들었다. 검은 생머리 여자 현관문을 열자 까마귀들이 안테나를 박차고 검은 구름 속으로 훌쩍 뛰어올랐다. 탕 탕 탕 총소리가 울렸다. 해바라기 화분이 박살나고 내 어깨에 총알이 박혔다. 검은 구름 몰려다니는 오후, 전화벨이 자꾸 울리고 있었다.

부러진 굴뚝들을 지나 집으로

술병과 총을 들고 들꽃 핀 길 따라 아이들이 기다리는 집으로 돌아간다. 방사능으로 오염된 공장지대 녹슨 철문들을 지나 부러진 굴뚝들을 지나 휘파람 불며 걸어간다. 누가 전쟁이 오면 모든 것이 끝난다고 했는가? 새로운 인간들이 살아가는 도시. 검은 대리석의 멋진 집들. 넓은 길 따라 늘어선 정원마다 노랗게 흔들리는 키 큰 해바라기들. 사람들은 진도 8의 지진에도 끄떡없는 이층집 테라스에서 난간에 앉은 붉은 비둘기들 구구구 노랫소리 들으며 흑맥주를 마신다. 음악에 맞춰 고개를 흔들기도 한다. 그들의 머리 위로 하얀 새들이 고개를 갸웃거리며 날아다닌다. 전율스러운 기타 소리 흐르는 넓은 정원 분수대에 위에서 뻐꾸기는 하루에도 스물네 번씩 정확한 시간을 알려준다. 아이들은 포근한 엄마 품속에서 뻐꾸기 노래 들으며 고요히 잠들어 있다.

미로 · 자전거 · 굴뚝

자전거 탄 소년이 미로 안으로 들어간다. 미로 안으로 들어간 것들은 다시 돌아오지 않는다고 쓴 후 나는 굴뚝 위로 올라간다. 굴뚝에 앉아 미로 안을 바라본다. 미로 안에는 하얀 개가 돌아다닌다. 미로 안에는 기타 치는 여자가 있고 항아리 만드는 남자도 있다. 미로 안에는 내 집이 있고 내 집 옆엔 또 미로가 있다.

미로 안의 내 집은 너무 작아 잘 보이지 않는다. 정원에 갈색 항아리들이 있는 그 집에는 지붕으로 올라가는 남자가 있고 굴뚝을 기어오르는 남자도 있고 굴뚝 위에서 미로를 바라보는 남자도 있다. 자전거 탄 소년이 그 집으로 들어가 항아리 뚜껑을 연다. 항아리에서 검은 박쥐들 푸드득 날아오른다.

박쥐들은 미로 안을 날아다니거나 미로 밖으로 빠져나온다. 미로 밖에는 비탈길이 있다. 소년은 자전거를 타고 비탈길을 오른다. 누군가 창문을 열고 미로 속으로 들어가는 소년을 훔쳐본다. 그는 하얀 종이에 미로 속으로 들어간 것들은 다시 돌아오지 않는다고 쓴 후 굴뚝으로 올라간다. 자전거를 타고 미로 속을 달리는 소년을 오랫동안 지켜본다.

1998년 여름

1

양철 주전자 들고 마당으로 나가 해바라기밭에 물을 준다. 마루에서 전화벨이 울린다. 해바라기 뿌리 밑으로 빨간 뱀 한 마리 지나간다. 나는 주전자를 팽개치고 방아쇠를 당긴다. 빵빵 검은 총알을 갈긴다. 해바라기 꽃잎에 총알이 박힌다. 해바라기꽃 노란 피 흘린다. 빨간 뱀은 해바라기밭 지나 어딘가로 사라진다. 옆방 여자는 그린다. 붉고 푸른 물감으로 키 큰 해바라기 하나, 나 하나, 빨간 뱀 하나, 나 하나, 버려진 양철 주전자 하나, 나 하나. 여자는 창문을 열고 주전자를 든 나를 물끄러미 바라본다. 뜨거운 바람이 해바라기들을 한참 흔들어댄다.

2

안개 낀 해변에서 사람들은 새들과 함께 낮잠을 즐긴다. 바닷가 과일 가게 뒤에서 바람이 분다. 안개가 흩어진다. 지붕들 너머로 구름이 솟아오른다. 여자는 생선 몇 마리를 사 들고 집을 향해 걷는다. 새들은 푸른 지붕들을 맴돌다 날아가곤 한다. 바다로 이어진 낭떠러지에는 작은 동굴이 많다. 지붕 위의 새들이 동굴을 향해 날아갈 때 남자는 현관문을 열고 집으로 들어가 음악을 듣는다. 나뭇가지를 통과한 햇살이 귤빛으로 부서지며 지붕 위에 머문다. 건널목 저편 노을에 초록 들판은 어둑해지지만, 그는 의자에 앉아 오지 않는 사람을 기다린다.

3

내가 꿈을 꾸면 벽시계는 거꾸로 돌아간다. 나는 작곡을 시작한다. 오선지에서 고함소리가 들리고 음표들이 창밖을 돌아다닌다. 버스들이 하늘을 날아다니는 도시 한가운데로 바닷물이 밀려온다. 하늘에서 거대한 새들이 내려와 빌딩들을 박살내는 걸 보며 나는 음표들을 그려나간다. 이런 꿈들은 황당무계하다. 물에 잠긴 도시에 낚싯대를 던지니 붕어빵이 계속 올라온다. 커다란 환기통이 있는 아파트 옥상에서 큰 나무가 줄기를 아래로 뻗어내린다. 자꾸자꾸 뻗어내려와 구렁이처럼 내 목을 감는다. 버스는 어디로 가는지 모르는 사람들을 태우고 내 머리 위를 휙휙 날아다닌다. 물 밑으로 작은 잠수정들이 돌아다니고 피아노의 검은건반들이 낄낄낄 웃으며 가라앉는다. 나는 면도날로 정맥을 그으며 침대 밑으로 굴러떨어진다.

4

아침에 눈뜨니 나는 뱀이 되어 있다. 소파에 누워 있던 남자는 눈 비비고 일어나 텔레비전을 켜지만 나는 카펫 밑에 숨어 꾸벅꾸벅 존다. 남자는 다시 눈을 깜박거리며 코를 곤다. 여자는 부엌에서 노래 부르며 요리를 한다. 프라이팬에서 생선 익는 냄새가 퍼지자 남자가 몸을 뒤척이며 잠꼬대를 한다. 벽을 타고 기어다니는 개미들을 보며 나는 하품을 한다. 요리하던 여자가 시퍼런 칼을 들고 발

소리를 죽이며 다가온다. 잠자던 남자가 벌떡 일어나 여자에게 꽃병을 집어던진다. 뒤통수가 깨진 여자는 괴성을 지르며 남자에게 달려든다. 깜짝 놀란 나는 거실을 빠져나와 해바라기 피어 있는 옆집 마당으로 기어들어간다. 해바라기 노란 꽃잎 끝없이 떨어져내리는 1998년 여름.

사차원 지구

1

민들레가 뿌리를 내리자 비탈길은 사라졌고 걸어가던 사람들 픽픽 쓰러졌다. 구름 속에서 기차가 내려와 땅 밑으로 사라졌다. 바구니를 든 금발 여자들이 아파트 벽을 수직으로 걸어 올랐다. 검은 빗방울들이 수평으로 떨어졌다. 시계 초침은 시계 밖을 돌아다녔고 검은 피부의 남자는 개집으로 뛰어들었다. 개집은 우주선처럼 공중으로 떠올랐고 놀란 비행기들이 덜컹덜컹 흔들렸다. 육교를 걸어가던 사람이 순식간에 사라지고 횡단보도에 구멍이 뚫렸다. 사거리는 삼거리가 되거나 오거리가 되었다. 붉은 가죽 잠바를 입은 개들이 낡은 가방을 들고 어딘가로 황급히 뛰어갔다.

2

내가 사과라고 말하면 내 입에서 사과가 떨어지고 내가 새라고 말하면 내 입에서 새 한 마리 날아간다. 내가 개미라고 말하면 내 몸은 어둡고 복잡한 개미굴이 되고 내가 구름이라고 말하면 내 입에서 구름이 흘러나간다. 내가 항아리라고 말하면 내 몸은 포도주로 가득차고 내가 버섯이라고 말하면 나는 썩은 통나무가 되지만 내가 아무 말 하지 않으면 내 몸은 순식간에 지워지고 만다.

3

화창한 일요일. 나는 버스를 기다리고 있었다. 텅 빈

도로 위로 빨간 트럭 하나 지나갔다. 이삿짐 실은 트럭엔 인형들이 가득했다. 큰 인형들이 흔들리고 있었다. 노란 옷 입은 젊은 여자도 흔들리고 있었다. 인형과 함께 덜컹거리고 있었다. 아파트 옆으로 길게 뻗은 도로 위를 빠르게 달리며 트럭은 사라졌다. 햇빛에 반사된 아파트 유리창들 번쩍번쩍 빛나는 오후. 붉은 구두 신은 개들이 고개를 갸우뚱거렸다.

4

1999년 장마, 지겨운 비가 왔다. 우산을 쓰고 밖으로 나갔지만 흘러넘치는 물로 발 디딜 곳 없었다. 굴뚝이 젖었다. 생선을 가득 실은 트럭도 젖었다. 나는 오래된 마을을 향해 걸었다. 물동이를 머리에 인, 천년 전의 여자들이 내 앞을 지나갔다. 다시, 비가 왔다. 목 없는 뱀들 물살에 휩쓸려 떠내려갔다. 빗발은 자꾸 굵어졌다. 나는 지붕 위로 뛰어올라갔다. 닭과 돼지와 염소가 떠내려왔다. 토끼와 고양이와 검은 개가 떠내려왔다. 포대기에 담긴 999년의 아이도 떠내려왔다. 지붕이 잠기고 있었다. 나는 지붕 위에서 커다랗게 울부짖었다. 비가 왔다.

철봉에 거꾸로 매달려도 창문을 열고 나온 여자는 하늘로 떨어지지 않는다

철교 밑으로 기차가 지나갔다. 아파트 창문을 통해 밖을 보던 여자가 핸드백을 들고 나왔다. 버스를 타기 위해 계단을 올라가는 여자의 긴 치마가 출렁거렸다. 철교 위로 푸른 강이 흘렀다. 거꾸로 선 건물들이 강에 담겨 있었다. 새들이 아파트 옥상에 거꾸로 매달려 있었고 여자의 핸드백이 여자의 머리통 위에서 흔들렸다. 달려온 버스가 거꾸로 선 여자를 싣고 어딘가로 달려갔다.

나는 기찻길을 따라 걸었다. 강물은 거꾸로 흘렀고 물고기들이 상류로 거슬러 올라갔다. 나는 기찻길을 따라 걸었다. 공장 굴뚝은 뱉어낸 매연을 다시 삼켰다. 참지 못한 굴뚝새들이 쿨룩쿨룩 기침을 했다. 나는 기찻길을 따라 걸었다. 검은 숲이 흰 달을 삼켰고 아이들은 이 세계의 달력에서 추방되었다. 나는 기찻길 위를 지나갔다. 떨어진 나뭇잎이 나무에 붙었고 고기밥이 되었던 사람들이 고기 뱃속에서 걸어나와 고기를 잡기 시작했다. 나는 기찻길을 따라 걸었다. 난파선이 해저에서 솟아오르는 것을 보며, 나는 걸었다.

어디선가 노랫소리가 들려왔다. 땅에 귀를 대고 들어보니 지구 어딘가에서 한 남자가 부르는 슬픈 옛사랑의 노래. 비가 내렸다. 탱자나무 울타리와 포도밭을 적시며 비가 내렸다. 빗물 고인 아스팔트에 떨어진 빗방울이 파문을 일으키는 늦은 오후, 젊은 남자가 하나 자전거를 타고 골목을 돌아나갔다.

재미있나요

1

잠수함 문을 열고 바닷속으로 들어갔다. 수심을 알 수 없는 깊고 어두운 바다에는 고대인이 살던 도시가 잠겨 있었다. 나는 복잡한 미로들을 헤치고 닫힌 문 앞에 도착했다. 해독할 수 없는 암호가 희미하게 새겨진, 심하게 녹슨 문을 발로 차 부수고 빨간 바다 꽃 무수히 피어난 길을 걸었다. 바다에는 해마를 탄 고대 기사들이 긴 창을 들고 돌아다녔다. 자세히 보니 그들은 뼈만 남은 해골이었다. 왕이 살던 궁전은 지붕이 땅에 박혀 있었다. 궁전 밑바닥이 위로 올라가 있었다. 가지와 뿌리만 남은 나무들이 거꾸로 자라고 있었다. 궁전 주위에 흩어진 항아리엔 커다란 문어들이 숨어 있었다. 어떤 문어는 끈끈한 촉수로 콧구멍을 후비기도 했다. 궁전에는 머리통이 가장 큰 문어가 잠들어 있었다. 왕 없는 궁전에서 왕 노릇을 하는 것 같았다.

2

누군가 내 머리를 쾅쾅 두드린다. 그럴 때면 내 방은 거꾸로 뒤집힌다. 천장은 바닥이 되고 바닥이 된 천장에서 그가 걸어나온다. 그는 내 피아노 뚜껑을 열고 흰건반을 뽑아 검은건반과 바꿔 끼운다. 괴상해진 내 피아노를 쾅쾅 두드리며 깔깔 웃는다. 그는 내가 아끼는 오래된 음반을 뒤적이며 머리를 빡빡 긁는다. 그는 내가 숨겨둔 술을 벌컥벌컥 마시고 빈 술병을 창밖으로 던진다. 그는 있지도 않은 내 방문을 억지로 열고 없는 계단을 뚜벅뚜벅 내려간다. 술병이 부서지며 박살나는 소리가 들린다. 깜짝 놀란 그는 내 방을 다시 뒤집어놓고 내 머릿속으로 재빨리 기어들어간다.

피아노 치는 여자

어두운 방에는 피아노 치는 여자가 있다. 갈색 조끼를 입고 머리를 길게 늘어뜨린 여자의 방에는 책상이 있다. 책상 위엔 두꺼운 책과 얇은 책들이 있다. 회색 커튼은 밖에서 들어오는 푸른 햇살을 완강히 막아내고 있다. 그 밖에 또 무엇이 있는가? 그렇다. 공기가 있다. 그녀가 숨쉬고 살아갈 수 있게 해주는 공기도 있다. 공기가 없어서 숨을 못 쉬는 일은 없는 그녀의 옷과 거울도 있다. 그런 방에서 갈색 가죽 의자에 앉아 그녀는 피아노를 친다. 피아노 소리는 왜 공기 중에 파동을 일으키다가 천천히 꺼져가는 것일까? 하지만 그녀는 아직 그런 쓸데없는 생각을 해본 적이 없다.

아파트

아파트는 복잡한 몸을 가지고 있다. 그의 몸에는 가스관과 수도관이 핏줄처럼 흐른다. 그는 많은 창문과 대문을 가지고 있고 쥐와 바퀴벌레와 귀뚜라미를 감추고 있다. 그는 자신을 위해 쉬지 않고 일하는 동물을 키운다. 그 동물의 이름은 사람이다. 그 동물은 암컷과 수컷으로 나눠지지만, 아파트는 그런 사소한 일에 관심이 없다. 사람들은 아파트를 위해 피아노와 옷장과 책장을 들여오고 아파트를 위해 청소를 한다. 개미가 개미굴을 위해 끝없이 일하듯 사람들은 아파트를 위해 쉬지 않고 일을 한다.

아파트에는 많은 사람이 산다

여름이 오면 사람들은 창문을 활짝 연다. 아파트엔 참 많은 사람이 산다. 나는 소파에 비스듬히 누워 앞 동을 본다. 어느 집엔 세 식구가 산다. 여자는 큰방에 누워 책을 읽는다. 남자는 어린 딸과 마루에서 텔레비전을 본다. 여자가 방문을 열고 나와 남자에게 뭐라고 이야기를 한다. 여자가 나가자 화장실 문을 열고 여자와 똑같이 생긴 여자가 걸어나와 여자가 덮어둔 책을 읽는다. 남자가 긴 하품을 하며 여자의 방으로 들어간다. 방엔 아무도 없다. 여자는 마루에 누워 낮잠을 잔다. 큰방 문을 열고 남편이 부채를 들고 나온다. 작은방 문을 열고 나온 그녀의 남편은 선풍기를 들고 있다. 두 남자는 깜짝 놀란다. 두 남자가 고함을 지르며 싸우기 시작한다. 유리창이 깨지고 아이가 커다랗게 운다. 깜짝 놀란 여자가 벌떡 일어난다. 남편이 왼손으로 남편의 빰을 후려친다. 빰 맞은 남편이 오른쪽 발뒤꿈치로 남편의 오른쪽 정강이를 걷어찬다. 두 사람이 코피 흘리며 싸우는데 아내는 마루에 누워 낮잠을 잔다. 어디선가 긴 울음소리가 들린다. 흐느끼는 소리도 들린다. 여름이 되자 아파트에서 싸움이 그치질 않는다. 아파트에는 너무 많은 사람이 살고 있다.

권투 선수가 사는 낡은 아파트

김영하씨는 오늘도 체육관에 간다. 줄넘기도 하고 샌드백도 친다. 점심으로 짜장면을 먹고 오후 내 연습을 한다. 저녁이 오면 축 늘어진 몸을 이끌고 집으로 가다가 포장마차에 들러 소주도 몇 잔 마신다. 낡은 아파트 옆엔 철길이 있다. 새벽이 오면 김영하씨가 사는 낡은 아파트 철길 위로 기차가 지나간다. 그 기차는 생각하는 기차, 달리면서 생각에 잠긴다. 저 집들은 왜 들판에 가만히 서 있을까. 저 떡갈나무들은 왜 움직이지 않을까. 기차는 달리며 생각한다. 나는 왜 달려야 하는가. 기차는 다시 한 번 생각한다. 나는 왜 달려야 하는가. 나는 왜 달려야만 하는가. 찢어지는 승객들의 비명과 함께 기차는 달리기를 멈춘다. 승객들의 눈동자에서 집과 들판과 나무들이 사라진다. 기차는 더이상 움직이지 않는다. 그렇지만 그 이상한 기차는 매일 밤 권투 선수가 사는 낡은 아파트를 스쳐지나간다. 김영하씨는 새벽에 집을 나오며 움직이지 않는 기차와 기차 속에서 뒹구는 싸늘한 사람들을 보며 중얼거린다. 저 기차는 왜 날마다 저 지랄이야. 기차 속의 저 새끼들도 마찬가지야. 쓸쓸한 겨울, 권투 선수가 사는 낡은 아파트 옥상 환기통을 지나며 바람은 윙윙 매서운 소리를 낸다.

마을을 찾아 나서다

꿈속엔 향나무 가득한 정원이 있었다. 향나무 위에 새 한 마리 앉아 있었고 향나무 아래엔 묘지가 있었다. 해골들 늘린 묘지 밑으로 지하수가 흘렀다. 내 생각의 어두운 창문을 통해 기러기들이 날아갔다. 1월 20일 맑음, 아침 일찍 일어나 세수하고 모자를 쓰고 집밖으로 나왔다. 찬바람 부는 거리는 한산했다. 달리는 버스에 앉아 창밖 나무들을 보다 잠이 들었다.

커다란 떡갈나무 들판에는 붉은 눈 거인들이 돌아다녔다. 거대한 고양이가 들판을 가로질러 지나갔다. 이건 꿈일 거야. 내 몸속의 암세포들이 헤비메탈 밴드처럼 시끄럽게 고함을 질러댔다. 바람이 불었고 떡갈나무 잔가지들이 흔들렸다. 태양이 들판 너머로 가라앉자 나는 떡갈나무 아래 누워 꿈을 꾸었다. 꿈속에서 거인들은 하늘을 날아다녔다.

여기가 어디야? 내 머릿속 누군가 물었다. 영원히 끝나지 않는 꿈의 나라일 거야. 내 몸속 암세포들이 일제히 대답했다. 1월 21일 맑음, 부신 햇살에 눈 비비고 일어나니 들판엔 노란 꽃들이 피어 있었다. 집으로 가는 버스를 타야 하는데, 여긴 대체 어딜까. 버스를 타기 위해 들판을 넘어 마을을 찾아 나섰다. 그러나 아무리 가도 마을은 없었고 사람도 하나 없었다. 쥐새끼 한 마리 보이지 않았다.

공원묘지

나는 아프리카에 간 적이 없다. 공원묘지에도 간 적이 없다. 그렇지만 내가 가본 공원묘지에는 늙은 칼 장수가 있었고 서커스단 원숭이가 있었고 많은 창문을 낸 낡은 집이 있었다. 아름다운 여자들이 의자에 앉아 있었다. 공중에 걸린 태양은 불타고 있었다. 많은 창문 가운데 하나를 박살내며 빨간 새 한 마리 죽었다. 낡은 집에서 키 큰 남자가 나와 죽은 새를 들고 집 안으로 들어갔다. 늙은 칼 장수가 시퍼런 칼 하나를 여자에게 건네주었다. 여자가 칼을 들고 낡은 집 안으로 들어갈 때 원숭이는 재롱을 부렸고 목련꽃은 하얗게 피어났다. 젊은 여자들이 자전거를 타고 공원묘지 밖으로 빠르게 달려나갔다. 낡은 집에서 피아노 소리가 흘러나왔고 깨진 창문으로 하얀 새가 날아나왔다. 그렇지만, 나는 공원묘지에 간 적이 없다. 아프리카에 간 적도 없다.

수많은 문

닫힌 문 열고 꿈속으로 들어간다. 낡은 집 대문 열고 나는 또 들어간다. 낡은 집에는 짙은 갈색으로 반들거리는 나무 계단이 있다. 계단 위 어두운 거실 소파에 한 여자가 앉아 있다. 나는 나무 계단을 걸어 내려온다. 나무 계단 끝에 있는 문을 여는 순간 소파에 앉아 있던 여자 창문 열고 하늘을 날아가며 노래를 부른다. 낡은 집 대문 밖엔 붉은 녹 잔뜩 낀 철문이 있고 철문 밖엔 채송화 활짝 핀 길이 있다. 어지럽게 이어진 길을 따라 걸으며 하얀 집에서 새어나오는 가늘고 맑은 노래를 듣는다. 하얀 집 지붕 위로 검은 옷 여자들 새처럼 가볍게 날아다닌다. 아이들이 하얀 집 대문 열고 밖으로 우르르 몰려나온다. 하얀 집 지붕에서 누군가 굴러떨어진다. 밖으로 나가려고 일어서는데 누군가 발목을 힘껏 잡아당긴다. 나는 순식간에 문밖으로 끌려 나온다. 모든 문이 차례로 지워진다. 꿈의 문이 닫힌다.

독버섯 요리

쭉쭉 뻗은 삼나무 언덕을 지나 버섯을 캐러 갔다. 돌무덤과 바위들의 미로를 지나며 빨간 독버섯 하나를 캐 바구니에 담았다. 파란 독버섯 두 개를 캐 바구니에 담았다. 느타리버섯을 발로 짓밟고 뭉개구름버섯은 깔아뭉개며

걸었다. 너도밤나무 어두운 그늘엔 크고 아름답고 노란 독버섯 세 송이. 조심스럽게 뽑아 담자 바구니가 가득 찼다. 콧노래 부르며 하얀 구름 걸린 산에서 내려왔다.

아궁이에 쇠솥을 걸고 장작을 쑤셔넣고 불을 지폈다. 순식간에 부글부글 물이 끓어올랐다. 아내가 부엌문을 열고 들어왔다. 나는 빨간 버섯 하나를 쇠솥에 집어넣었다. 아내는 소금을 뿌리며 이빨을 딱딱거렸다. 지붕 위에서 비둘기들이 시끄럽게 울었다. 지팡이를 들고 지붕으로 올라가

시끄러운 비둘기를 마구 두들겨주었다. 비둘기들이 축 늘어졌다. 늘어진 비둘기들을 마당에 집어던졌다. 굶주린 개들이 달려왔다. 사다리를 타고 지붕에서 내려와 파란 버섯 두 개를 쇠솥에 집어넣으며 노란 버섯 한 조각을 씹어 먹었다. 머릿속에서 댕댕댕 종소리가 울려퍼졌다.

항아리와 마법사

검은 항아리에 녹색 개구리를 담아 젓가락으로 두들기면 땅땅땅 보이지 않는 파문 공중으로 퍼진다. 나는 항아리를 들고 햇볕 내리쬐는 마당을 지나 붉은 꽃 커다랗게 피어 있는 벽돌집으로 간다. 그 집 정원엔 검은 몸통, 검은 줄기, 검은 잎을 가진 나무가 서 있다. 나무 꼭대기엔 구부러진 부리로 꽥꽥꽥 울어대는 늙은 매도 있다. 안녕! 나는 나무 꼭대기를 향해 은빛 생선을 던진다. 매는 가지에서 내려와 반짝이는 은빛 생선을 움켜잡는다.

방문을 열고 검은 꽃병을 든 늙은 마법사가 나온다. 우리는 아궁이를 향해 걸어간다. 아궁이에 항아리와 검은 꽃병을 넣고 불을 지핀다. 꽃병엔 뭐가 들었나요? 땅땅땅 쇳소리의 파문이 들어 있지요. 마법사는 아궁이에서 꽃병과 항아리를 꺼내 마른 헝겊으로 깨끗이 닦는다. 그가 마법 지팡이로 땅땅땅 항아리를 두들기자 땅에서 새싹이 돋아난다. 정원에서 놀던 녹색 개구리들이 아궁이 쪽으로 펄쩍펄쩍 뛰어온다.

그렇다

그렇다 내 눈에 보이는 사과나무와 내가 생각하는 사진 속의 여자 불타는 전차에서 뛰어내리는 기갑병들의 울부짖음 내 입맛을 돋워주는 맥주와 언덕 가득 피어 있는 붉은 꽃들 내 상상 속에서 날아다니는 수상한 우주선들 전쟁이 휩쓸고 지나간 거리와 공원에서 모이 쪼는 비둘기 몇 마리 그렇다 턴테이블 위에서 빙글빙글 돌아가는 오래된 해적 음반 헐벗은 나무에 기대어 있는 뿔테안경의 남자 여름밤을 즐기던 모기들 독수리 한 마리와 열두 명의 사냥꾼 그리고 내 머릿속에서 끝없이 울어대는 파이프오르간 하나 지하철 타고 어두운 땅속을 달리던 기억 기타를 메고 다니던 쓸쓸한 눈빛의 남자 모터사이클 타고 시끄럽게 도로 위를 달리던 빨간 머리 여자 자전거 타고 가다 버스에 부딪혀 공중으로 튕겨 올라가던 소년 장미꽃 우거진 나무 울타리가 있던 이층집 그 집에서 혼자 쓸쓸히 죽어간 젊은 남자 그렇다 그렇다는 것이다

문학동네포에지 080

시간이 멈추자 나는 날았다

초판 인쇄 2023년 8월 8일
초판 발행 2023년 8월 18일

지은이 — 김참
책임편집 — 김민정
편집 — 유성원 김동휘 권현승 유정서
표지 디자인 — 이기준 이보람
본문 디자인 — 유현아
저작권 — 박지영 형소진 최은진 서연주 오서영
마케팅 — 정민호 박치우 한민아 이민경 박진희 정경주 정유선 김수인
브랜딩 — 함유지 함근아 박민재 김희숙 고보미 정승민 배진성
제작 — 강신은 김동욱 이순호
제작처 — 영신사

펴낸곳 — (주)문학동네
펴낸이 — 김소영
출판등록 — 1993년 10월 22일 제2003-000045호
주소 — 10881 경기도 파주시 회동길 210
전자우편 — editor@munhak.com
대표전화 — 031-955-8888 / 팩스 — 031-955-8855
문의전화 — 031-955-2689(마케팅), 031-955-8865(편집)
문학동네카페 — cafe.naver.com/mhdn
인스타그램 — @munhakdongne 트위터 — @munhakdongne
북클럽문학동네 — bookclubmunhak.com

ISBN 978-89-546-9380-6 03810

www.munhak.com

문학동네